Stéphane Mallarmé

1842–1898

散文詩篇

ステファヌ・マラルメ

柏倉康夫 訳

月曜社

目次

散文詩篇

未来の現象

青さの失せた空が、衰亡に終わるこの世界の上を、雲とともに、おそらくは立ち去ろうとしている。落日の着古された緋の切れ端が、光と水が氾濫する水平線に眠る小川のなかで色褪せつつある。樹々は退屈し、（道の埃よりむしろ時間の埃で）白くなったその葉叢の下には、**過去の物事の見世物師**のテント小屋が建っている。数多くの街燈が夕暮れを待って、不治の病と諸世紀の罪業に征服された不幸な群衆に生気を取り戻させるが、男たちは地球がそれらとともに最期を迎えるだろう惨めな果実を身ごもる虚弱な共犯者に寄り添っている。絶望の叫びとともに水面下に沈みゆく彼方の太陽を懇願するすべての眼差しの不安な沈黙のなかで、見世物師の客寄せの口上が聞えるばかり。「なかの見世物の楽しみをみなさまに味わっていただけるような看板はございません。当節は〔実物の〕おぼつかぬ影さえ描ける画家がいないのですから。そこで昔の女を（最高の科学により幾歳月も保存してきた）生きたままお目にかけましょう。生まれたままの、純真な、狂気のようなもの！　金色の恍惚とでも申しましょうか、女が自らの髪と称するものが、血の滴るばかりの裸形が輝く顔のまわりに、織物のような優雅さを見せてたわんでいます。彼女はむだな衣装の代わりに、肉体をもっており、眼はまるで宝石かと見まがうばかり！しかしそれさえ恵まれたその肉体から放たれる眼差しには及びません。永遠の母乳で満たされているような、乳首を天に向けて立つ乳房から、原初の海の塩気を保つ滑らかな脚に至るまで、じつに恵まれた肉体でございます」。亭主たちは、髪が抜け、病的で、見るも無残な、憐れな妻のことを思い出しつつ、われ勝ちに押しかける。妻たちも好奇心から憂鬱そうに見物しようとする。

こうしてみながこの高貴な被造物、これとても既にして呪われたある時代の遺物なのだが、〔昔の女を〕眺め終えたとき、ある者は無感動だった。それは彼が理解する力をなくしてしまっているからだろう。だが他の者たちは悲嘆にくれ、瞼をあきらめの涙で濡らしつつ、互いに見詰め合うことだろう。一方、この時代の詩人たちは、自らの曇った眼がふたたび輝きを帯びるのを感じながら、それぞれのランプをめざして家路をたどるだろう。脳みそはしばし定かでない栄光に酔い、**リズム**にとり憑かれ、自分が美に先立たれた一時代に生きているのも忘れて。

Le phénomène futur

秋の歎き

マリアがわたしを置いて他の星へ行ってしまってから——それは、オリオンか、アルタイルか、それともお前、緑の金星だろうか——わたしはいつも孤独を好んできた。どれほど永い日々を独りで猫とともに過ごしてきたことか。独りで、というのは物質的存在なしにという意味で、わたしの猫は神秘的な伴侶、精霊なのだ。だからわたしは永い日々を独りで過ごしたといえるのだ。独りだけで、ラテン頽廃期の最期の作家を相手にして。あの白い女性がいなくなってからというもの、奇妙なことにわたしは凋落という言葉に要約されるあらゆるものを好んできた。だから、一年のなかでわたしが好きな季節は、秋が来る直前の夏のけだるい日々だし、一日のなかで散歩する時刻は、太陽が消える前に、灰色の壁には真鍮色の光を落とし、窓ガラスには赤銅色の光となって憩うときである。同様に、わたしの精神が愉しみを求める文学は、ローマ最期の時期の瀕死の詩だろう。もっともそれは、蛮族たちの若返りをもたらす接近を少しも吸入せず、キリスト教初期散文の幼稚なラテン語をたどたどしく語ることがなければだが。

こうして、わたしは親しんだ詩篇のひとつ（その化粧の染みの方が若い肉体の薔薇色より魅力があるのだ）を読みながら、片手を純粋な動物の毛並のなかに埋めていた。そのとき、窓の下でバルバリーの手廻しオルガンが、もの憂げに、うら悲しく歌いだした。それはポプラ並木の大通りで鳴っていたが、その葉叢は、マリアが大蠟燭とともに最後にそこを通ってから、わたしには春でさえ陰鬱に見える。悲しい人たちの楽器、そう、まさにその通りだ。ピアノはきらめき、ヴァイオリンは引き裂かれた神経に光をあたえるが、バルバリーの手廻しオルガンは、思い出の黄昏のなかで、わたしに望みのない夢を見させた。いまは俗っぽい曲を陽気につぶやいて、場末の人たちの心を陽気にした。それは時代おくれの月並みな曲だった。それなのに、繰り返される旋律がわたしの心に届き、ロマンチックなバラードのようにわたしを泣かせるのはなぜだろう。わたしはゆっくり味わいながらも、窓から小銭一枚投げなかった。味わうのを中断されるうえ、楽器がひとりで歌っているのではないことを認めるのを恐れたからだ。

Plainte d'automne

冬の戦慄

このザクセンの置時計、花々と神々の飾りに囲まれ、時間は遅れ、十三時を鳴らす。いったい誰のものだったのか、この時計はかつて乗合馬車の長い旅のすえにザクセンからやってきたことを考えてごらん。

（奇妙な影がすり減った窓ガラスにぶら下がっている。）

そして君のヴェネチアの鏡だが、金箔の剝げた大蛇の縁飾りの中で冷たい泉のように底が深い。そこに誰が姿を映したのだろう？　ああ、きっと一人ならざる女の人たちが、この水の中にその美しさの罪業を浸したに違いない。だから長い間見つめていれば、わたしに裸の亡霊が見えるかもしれない。

——嫌な人、あなたはよく意地悪なことを言うのね。

（大きな十字窓の上の方に蜘蛛の巣が見える。）

わたしたちの長持もとても古いものだ、ごらん、暖炉の火がそのくすんだ木肌を赤く染めている。くたびれたカーテンも同じように古びている。化粧の落ちた肘掛椅子の織物地や壁の古い版画、わたしたちの古びた道具類はどうだい？　紅雀や青い鳥まで時とともに色褪せたように見えないかい？

（大きな十字窓の上の方で慄えている蜘蛛の巣のことは考え

ないで。)

お前はこれらのものをみな愛している、だからお前のそばで暮らせるのだ。過ぎし日の瞳をした妹よ、お前はわたしの詩の一つに、「色褪せしものの魅力」という言葉が出てくるのを望まなかったかい? 新品はお前の気にいらない。その目障りなけばけばしさが、お前に恐怖をあたえるのだ。お前はそれらを使ってみる必要を感じるかもしれないが、行動を味わったことのない者には、実行するのはとても難しい。

おいで、いまから百年以上前に出版され、そこに出てくる王たちはみな死んでしまったのに、お前が注意深く読んでいるドイツの古い年鑑などは閉じて、時代ものの絨毯に横たわり、色褪せた服につつまれたお前の情け深い膝に頭をもたせて、おお、もの静かな子よ、何時間でも話をしよう。もはや田園もなく、通りはどこも空っぽだ。わが家の家具のことを話してあげよう……うわの空じゃないかい？

（大きな十字窓の上の方では蜘蛛の巣がふるえている。）

Frisson d'hiver

類推の魔

未知の言葉が、君たちの唇の上で歌をうたったことがあったか、
馬鹿げたフレーズの呪われた断片が。

わたしは、楽器の弦のうえを滑る翼のような、引き摺るようで軽やかな感覚を抱いて自分のアパルトマンを出た。するとその感覚に、「ラ・ペニュルティエームは死んだ」という言葉を尻下がりの調子で発するひとつの声がとって代った。

ラ、・ペ、ニュ、ル、ティ、エ、ー、ム、

で詩句は終わり、そして

は死んだ

は切り離され、

宿命的な中断により、ますます意味を欠いて宙吊りになっていた。わたしは通りに歩を進めた、そしてニュル nul という音のうちに、楽器のぴんと張られた弦を認めた。それは忘れられていた楽器だが、光栄ある思い出がいま確かにその翼か棕櫚の葉で訪れたところだった。そして、わたしは神秘の手管に指で触れ、微笑み、知的な願いをこめて別の推理を懇願した。例のフレーズは先の羽根か小枝の落下から解き放たれ、その後は聴こえた声を通して、潜在的にまた戻ってきて、自身の人格で生きる者のように、ひとりでに分節されるまでになった。わたしは（もはや知覚だけに満足できず）それを詩句の最後に読みあげたり、一度は試しに、それを自分の普段の口調にあてはめてみた。さらには「ペニュルティエーム」のあとに休止を置いて発音してみた。するとわたしはこの沈黙のうちに悲痛な喜びを見出した。つまり、「ラ・ペニュルティエーム」と言い、続いてニュルという音のうえで、忘れられていた楽器のぴんと張られた弦はたぶん切れて、わたしは追悼の口調で「は死んだ」とつけ加えていた。わたしは自分好みの考えに立ちかえる試みをやめず、自分の不安を鎮めるために、確かにペニュルティエームという語は最後から二番目の音節を意味する辞典の用語で、それが出現したのは、わたしの高尚な詩的能力が日毎中断されてはすすり泣く原因となっている語学上の労苦が払拭しきれずに残っているからだと申し立てようとした。しかし語の響きそのものと、このように性急になされた断言の安直さのために負う嘘っぽい調子が、苦悩の原因だったのだ。執拗に憑きまとわれて、わたしはこの悲しい本性の語がわたしの口のうえを勝手にさまようのに任せる決心をした。そして、哀悼の意が感じられるイントネーションで、「ペニュルティエームは死んだ。それは死んだ、すっかり死んだ、絶望したペニュルティエームは」と、つぶやきながら歩いた。そうすることで不安は鎮められると思い、さらにはもっと一本調子に唱えることで、これを葬ってしまいたいとのひそかな期待がないわけではなかった。すると、なんという恐ろしいことか！　一軒の店のショーウンドーに映ったわたしの手が——容易に説明がつく神経性の魔法によって——、何物かを上から下へと愛撫する仕草をしていて、自分がまさしくあの声（それこそ疑いもなく唯一のものだった最初の声）を出しているのに気づいたのだ。

だが、超自然的なものの避け難い介入が起こり、つい先ほどまでは支配者として君臨していたわたしの精神の末期の苦しみが始まったのは、本能的にたどって来た骨董店が立ち並ぶ通りで、ふと眼を上げると、自分が壁に吊るした古楽器を売る弦楽器の店の前にいて、その床には、黄ばんだ棕櫚と太古の鳥たちが置かれ、その翼が闇に埋もれているのを認めた時だった。恐らくは、あの説明のつかない**ペニュルティエーム**の喪に服す宿命を負った者として、奇態にも、わたしはその場から逃れ去った。

Le démon de l'analogie

青白い憐れな少年

青白い憐れな少年よ、なぜお前は道端で甲高い声でぶしつけな歌を叫んでいるのだ？　それは屋根上の領主たる猫たちの間に消え去るだけで、下の階の鎧戸のなかには届かない。お前は知るまいが、鎧戸の後ろには薄紅色の絹の厚いカーテンが掛かっているのだ。

しかしお前は、誰も当てにせず、一人で生きて行く小さな男の自信をもって、自分のために働き、宿命のもとに歌っている。お前には父親がいたのか？　お前が一スーも持たずに帰ると、お前を折檻して空腹を忘れさせてくれる婆さんもいないのだ。

だがお前は自分のために働いている。道端に立ち、大人用の色褪せた服を着て、未熟な痩せっぽちだが、齢の割には背が高い。お前は道で遊んでいる他の子たちには陰険な眼も向けず、食うために懸命に歌っている。

そしてお前の哀歌が高く、高くなるにつれ、剝きだしのお前の頭は宙に持ち上げられ、小さな両肩から離れようとするかのようだ。

少年よ、道で長い間叫んだあとでお前が罪を犯すと、お前の頭がなくなってしまうかも知れないよ。罪を犯すのは難事ではない。欲望と、さらに勇気があれば十分だ。誰かさんのように……。お前の小さな顔は精力的だもの。

お前の長い手はズボンの前で希望もなく垂れさがり、その手が握っている柳の籠には一スーも落ちてこない。人びとはお前を悪《わる》に仕上げるだろう。そしていつかお前は罪を犯すだろう。

お前がいつも頭をすっと立て、威嚇するような調子で歌っているうちに、前もって分かっていたかのように、頭はお前を離れようとする。

お前がわたしのために、わたしほども価値のない人間のために償いをするとき、頭はお前に別れを告げるだろう。お前はおそらくそのためにこの世にやってきたのだ。それでお前はいまから断食をしているのだな。わたしたちは新聞の中でお前のことを目にすることだろう。

おお！　憐れな青白い頭よ！

Pauvre enfant pâle

パイプ

昨日、わたしは長い夜の仕事、冬の楽しい仕事を夢みるうちに、自分のパイプを見つけ出した。太陽の青い葉叢とモスリンの薄物が照らす過去のなかに、夏のたわいない喜びのすべてと共に紙巻き煙草を投げ捨てて、煙草をふかしながら、邪魔されずに長く仕事をする真面目な男として、仰々しいパイプをふたたび手にしたのである。だがこの置きざりにされたパイプが用意していた驚きは予想していなかった。最初の一服で、書くべき大作を忘れ、驚き、感動し、去年の冬が再来するのを感じた。フランスへ戻って以来、わたしは忠実な恋人に触れてはいなかった。一年前、一人だけで生活していたロンドン、ロンドンのすべてが出現したのである。まずはわたしたちの脳髄を温かく包んでくれる懐かしい霧。

むこうでは、十字窓の下から忍び込んでくる霧には特有の匂いがある。わたしの煙草は、石炭の埃をうっすらと被った革張りの椅子がある薄暗い部屋の匂いがする。椅子の上では痩せた黒猫がごろごろしていた。よく燃えている火！　石炭を空ける赤らんだ腕をした女中、石炭がブリキのバケツから鉄の籠に落ちる音。朝だ――そのとき郵便配達夫が厳粛に二度ノックをする、それがわたしを生き返らせた！　人気のない辻公園のあの病んだ樹々が窓越しにまた見えるようだ。――あの冬、霧雨に濡れ、煤煙で黒ずんだ蒸気船の甲板の上で震えながら、幾度も横断したあの沖合が見えるようだった――旅行着を着て、所在なげな哀れな恋人と一緒だった。旅の埃のためにくすんでしまった長いドレス、冷たい肩に張りついた外套、羽根飾りもなくリボンもほとんど取れた麦藁帽子。海風で小さな破れ目ができ、金持のご夫人たちなら到着したらすぐに投げ捨ててしまうような代物だが、哀れな恋人たちはまだ幾シーズンかは飾りをつけて被るような麦藁帽子の一つだ。彼女の首には、人が永遠の別れを告げるときに振る恐ろしいハンカチーフが巻きついていた。

La pipe

見世物中断

文明はその状態にふさわしい楽しみをあたえてくれるはずなのに、どうしてそれができないのか！　たとえば、夢に固有の観点から出来事に注目するのが新聞だが、それを支援する協会が、どの大都市でも、夢想家たちの間で存在しないのは驚くべきことだ。現実とはしょせんは策略であって、平均的知性を一つの事実の蜃気楼のなかに留め置くのに適している。だが現実は、まさしくそのために普遍的了解の上に立脚しているのだ。さて、理想のなかには、典型の役割をはたす、一つの必然的で自明で単純な側面がないかどうか見てみよう。個々の事象に共通の性格を割りふるように大衆から仕込まれた記者たちが暴露する前に、ある逸話が詩人としてのわたしの目にどのように映ったかを、自分自身のために書いておきたい。

小劇場「プロディガリテ」は、『野獣と天才』という古典的な夢幻劇に、アッタ・トロルかマルタンに生き写しの従兄弟〔である熊の出し物〕を付け加えた。わたしは昨日わが家に舞い込んだ招待券が二枚だったどうかを確かめるために、隣の空いている席に帽子を置いておいたが、友人が姿を見せないのは、こんな幼稚な出し物を避けようとする普通の好みを示していた。わたしの目の前で何が起こったか？　以下の取るに足らぬことだった。すなわち、青白いモスリンの踊子たちがバグダッド建築風の二十の台座の上に身を避け消え失せたかと思うと、笑顔をうかべた男と、悲しむべき鈍重さで両腕を広げた熊が現れた。片や、空気の精たちを追い、彼女たちの守護役である主人公の道化はほとんど透けるような銀色の衣装に身をつつみ、われら人間の優越性をもって動物をからかっていた。どんなに月並みな事柄にも含まれる神話を、大衆のように愉しむのは、なんという安らぎだろう。さらに、見解を伝えるべき隣席の客もいず、空想か象徴を何となく求めて、フットライトを浴びた舞台、月並みだが素晴らしい深夜の興行を観るのは、同じような多くのおぼろげな記憶とは違う、まったく新たな出来事であり、わたしの注意をよび覚ましたのである。舞台上は人間の正当な特権が証明される場面で、その光景に熱狂して何度も拍手喝采がおきたが、その拍手が、何によって断たれたのか？　突然とだえ、栄光の大音響がその頂点でぴたりと止んで、広がるのをやめてしまった。耳をそばだて、全身を目にする必要があった。操り人形のような仕草で、五本の指を開いた掌を空中でひらひらさせる身振り、何と器用な動物だろう！　何かを空中で捕える仕草、その意味を観客がそれぞれに理解する簡単な所作（ただそれだけだが）でもって、観客の共感を勝ち得たことを、わたしは理解した。そして、かすかな風に心を動かされて、熊はリズミカルにゆっくり起き上がると、人間の肩のリボンの上に片方の爪をのせて、獲物を調べているのが分かった。息をはずませないものは一人もいなかった。この状況は人類の名誉にとって重大な結果をもたらすものだったからだ。いったい何が起ころうとしているのか？　熊はもう片方の肢をタイツに沿って伸びている腕に、そっと下ろした。そしてひそかに身を寄せあって一緒になったカップルとでも言うように、毛むくじゃらの両脚を開いて立ちながら、ずんぐりした、気のいい、人間らしきものが、天才の仕業を学ぼうと、輝かしく、超自然の兄弟の上半身を抱きすくめようとしたが、黒い鼻面をした頭は上半身の半ばまでしか届かない。だが彼！　人間の方は、口を夢中で喘がせ、ぎょっとした顔をできるだけ高くして、恐怖のあまり見え見えの針金を振って、紙でできた金色の蠅の正体をばらしてしまった。これは間違いなく見世物で、大道芸を越えており、長く続く芸術に固有の長所も備えていた。わたしたち人間の誇りを託されているパントマイム役者が恐らく取っているのだろう宿命的な態度は気に留めず、わたしはこの見世物を完璧なものとするために、北極地域の末裔には禁じられている言葉が、心中で迸り出るのにまかせた。「やさしくしてくれよ。（こんな内容だった）慈悲の心に背かず、それより華々しさと、埃と、人声が入り混じったこの雰囲気の効果を説明してくれないか？　そのなかできみはわたしに動くことを教えてくれたのだから。わたしの懇請は急を要する、正当なものだ。おお、聡明な兄弟よ！　知恵の領域へ飛び立ったきみの苦悩の表情は偽りで、知らないと答えるとは思えない。わたしはといえば、きみを自由にするために、惨めだった時代の夜に、わたしの潜在的な力を封じ込めた洞窟にいたときの名残をまだ身につけている。こんな風にしっかり抱き合っていることで、それを当てにして坐っている大勢の観客の目の前で、われわれの和解協定の正しさを証明しようではないか」。あたりは寂として声もない。わたしはなんという絶対的な場所に生きていることか。天体の歴史のドラマの一つが演じられるためにこのささやかな劇場が選ばれたのだ。観客のみなはその精神状態で舞台を壮麗にする紋章と化し、消えてなくなった。ただ現代における恍惚の分配者であるガス灯が、唯一、ホールの高みで、本質的なものがもつ公平さで、期待の明るい音を立てていた。

魅惑は破れた。それは一塊の肉が、いつもはこういった公演のあとで密かにあたえられるのが普通だが、それより少し早く、剝き出しに、乱暴に、大道具の隙間から投げ込まれ、わたしの視界を横切ったときである。熊のそばに、代わりの血のしたたる肉の塊が投げ出されると、劇場の輝きであたえられていた高等な好奇心よりも、それに先立つ本能がふたたび頭をもたげて、熊はもとの四つん這いに戻り、自分のうちに沈黙を運び去るかのように、種族特有ののっそりとした足取りで食べ物に近づき、臭いをかぎ、その獲物に歯を押し当てた。観客たちはほとんど失望を感じず、なぜか分からずに溜め息をついた。彼らのオペラグラスが列をなして、曇りのないレンズを光らせつつ、恐怖のなかに蒸発した素晴らしい畜生の動きを探した。だが見えたのは卑しい食事で、おそらく動物はそれを味わうためには、まずわれわれ人間の姿から同じ物を作らなければならなかったはずなのに、食べ物の方を好んだ。そのときまで危険と感動のどちらを募らせようかと迷っていたが、料金と決まり文句の広告が載った幕が突然落された。わたしはみなと同じように席を立って、外へ出て息をついた。この度もまた、わが同類と同じ種類の印象を抱かなかったことは驚きだったが、心は晴れ晴れとしていた。というのも、結局のところわたしの見方の方が優れていたし、真実だったからである。

Un spectacle interrompu

ひそかな記憶

孤児のわたしは、黒い服で、家族のない眼差しをしてさまよっていた。正五角形に、お祭りのテントが張られると、わたしは未来を予感し、自分もああなるだろうと思った。わたしは旅芸人たちの匂いが好きで、友だちを忘れるために、彼らの方へ寄って行った。テントの裂け目から合唱の声は聞こえず、遠くの長広舌もなかった。芝居がケンケ・ランプの神聖な時間を要求する頃合いだった。わたしは、一族に交じって舞台に出るにはまだひ弱すぎるおチビさんが、ダンテの頭巾のような帽子を被っているのに話しかけてみたくなった。その子は、すでに山頂に積る白雪、百合、あるいは翼のもともとの白さの、やわらかなチーズを塗ったパンに夢中だった。わたしもこの上等なご馳走に与《あず》かりたいと願ったが、いち早く分け前を手に入れたのは、祭りの日に相応しい曲芸や通俗な出し物の最中である隣の小屋の傍らに、突然あらわれた花形の年上の子どもだった。肌も露わに舞台用のタイツを着た彼は、わたしに言わせれば、驚くべき身軽さで振り向くと、言葉をかけてきた。「きみの両親は？　――いないよ――　そう、親父なんて滑稽なものだと、きみが分かっていたらなあ。親父は先週もスープを渋々飲んだとき、親方から平手打ちを喰ったり蹴とばされたりしたときのように、大げさなしかめ面をしたんだ。きみ！」。そして勝ち誇るように、自慢の身軽さでわたしの方へ片脚を振り上げると、「実際、親父には驚かされるよ」と言って、チビの清浄なご馳走にかぶりついた。「きみ、お母さんは？　いないんだね、きっと、きみは一人ぼっちなんだね。ぼくの母さんは亜麻糸を食べるんだ、するとみんなが拍手する。両親なんておかしな連中さ、人を笑わせるんだから」。道化の客寄せ口上が一段と熱を帯び、彼は行ってしまった。わたしはため息をついた。急に両親のないことがすごく残念に思えたのだ。

Réminiscence

縁日興行の口上

お静かに！　確かに、夢と同様、車輪の下で花々からあがる訴えの声をやわらげつつ走る馬車の散策では、わたしの傍らで横になり揺れに身をまかす女性はみな、わたしが言葉を発する努力を免じてくれるが、こうした機微をはっきり見ている女性を一人知っている。午後の終わりには、いずれ自分を男に差し出すばかりの物問いたげな化粧だが、声高にお世辞を言うのは、思いがけぬ接近に遭遇したのに、かえって隔たりを示唆するだけで、彼女の表情に謎めいた微笑の笑窪を浮かばせて終わるのが落ちだろう。だが現実はそうはいかない。郊外の夕暮れにしては静かな幸福感がたちこめていると感じられたが、幌付き四輪馬車のニスを塗った車体に照り映えて絢爛と消えてゆく夕日からふと眼をそらすと、一度に四方八方から、何の理由もなく、世俗のいつもの甲高い笑い声が、勝ち誇った金管楽器の嵐を伴って容赦なく聞こえてくる。実際、いっとき世間から離れて、それに立ち交じらず、もの思いにふける間もあればこそ、実人生の強迫観念に生き身をさらす男に聞こえるのは耳障りな不協和音ばかりである。

「……のお祭りですわ」、わたしがぼんやりしていると、同乗していた幼い女性が倦怠の影もない明るい声で、知らない郊外の集まりの名を言った。わたしは従い、馬車を止めさせた。

馬車を停めた衝撃について、わたしの気持に対して具体的で接得力のある説明が必要だが、その償いはない。花づな模様や紋章を左右対称に描きだすイルミネーションのランプが徐々に灯るなか、わたしは孤独ではいられず、連れの優雅さのなかでずっと避けてきたものすべてが、急に憎々し気にあふれ出るなかへ、勇気をふるって分け入ることに決めた。彼女は興に乗り、わたしたちの予定変更に驚く気配もなく、あどけない腕を伸ばしてわたしに寄りかかってくる。その間も立ち並ぶ店に眼をやりながら、縁日の喧騒を左右均等に振り分けつつ、群衆がいっときそこに世界を取り込むことを可能にしている仲通りを走り抜けようとした。行く手の奥には奇妙な緋色の夕焼け空、その落日に興じていたわたしたちの沈滞する気分をそらしてくれるものなら何でもいいと思っていると、つまらぬ大騒ぎの襲来に次いで、わたしたちの注意を惹いたのは、火と燃える雲に劣らぬ悲痛な人の世の光景、すなわち、けばけばしく塗りたくり大文字で書かれた看板とは裏腹の、一見して空っぽとわかる見世物小屋だった。

どの時代でも、あらゆる寺院で用いられる垂れ幕のように、ここではほころびた敷物が即興でその役を果たしている！　それが誰のものであろうと、若いときによくそれに座っていたことで、その持ち主が、（飢えからくる虚しい悪夢ならいざしらず）、素晴らしい出し物の幻覚を抱いて、喜びのためにそれを旗幟のように広げておいたのではないだろう。ただ、祭りという神秘的な語が野原の一画を指定すると、日常の悲惨さからすれば例外的な同胞愛が生まれて、多くの靴がそこを踏みならす。（そのために着物の奥の財布の硬い紐をゆるめ、ただ浪費する目的で小銭をとり出す気持になる）。売る物はなくても、持っているものを何か見せて、選ばれた者の一人になる余地はあるという考えだけで、何も持ち合せない人間も恵み多いこの集まりへの招待に応じたのだ。

彼も同様だ！　あるいはこの物乞い自身、自分の運動選手なみの筋肉の逞しさを売り物に、大衆の熱狂を得ようと決めたのでなければ、まことに散文的ながら、よくある事情が人間を窮地に追い込んだ結果しばしば起こることだが、おそらく芸を仕込んだ鼠さえいないだろう。

「太鼓をお打ちなさい！」と、誰かは君しか知らない貴婦人が、古びた太鼓を指さして告げた。そのとき一人の老人が太鼓から身を起こし、腕組みをほどいて、この見栄えのしない小屋に近づいても無駄だと合図しようとした。この騒々しい客寄せの道具との親しさが、おそらくは、彼の虚しい意図を引き出したのだろう。この際ほかにどんな妙案があるだろうか、その答えは、くだんの社交界の女性の胸元にさがる宝石のなかに閉じ込められ、輝いているようだった！　次の瞬間、わたしの驚きをよそに、彼女は小屋の奥に姿を消し、やがてお囃子がドンドコと鳴りだすと、それに惹かれて大衆が立ち止まる前に、わたしはびっくりした客引きの道化のように、ひとつ覚えの自分にも意味のわからぬ文句を唱えるばかりだった。「さあみなさん、お入りください。たったの一スー、出し物にご不満ならお返しします」。わたしは麦藁帽子一杯の後光がさすような小銭を、両手を合わせて感謝する老人の掌に空け、帽子を成功の合図に遠くから打ち振り、次いで頭に被ると、わたしたちと宵をともにする同時代の女性が率先してこの夢のない場所で何をしているのかと、その秘密を囲んで立っている群衆をかき分けて進もうと身構える。

彼女はテーブルの上に立ち、大勢の頭ごしに膝から上を見せていた。

どこからか迷い込んだ一筋の光が電光のように彼女に投げかけられる、それと同じほどはっきりと彼女の思惑が見て取れた。彼女はまったくの一人なので、流行、気まぐれ、天の配剤などが彼女の美しさを徐々に引き立たせてくれるにつれ、踊りや歌などの余興もなしに、民衆のために誰かの好意で恵んでもらった施しにたっぷり酬いようとしていたのだ。同時に、わたしはこの微妙な見世物の危うさのためになすべき自らの義務を理解した。つまり、群衆の好奇心が離れるのを払いのけるには、暗喩《メタフォール》といった、何か絶対的なものの力を借りる以外にない。急げ、大勢の表情が明るくなり、安堵の色が浮かぶまで喋りまくるのだ。彼らは一挙にすべてを理解しなくても、言葉の自明性、困難だが必ずや言葉に含まれる自明性に屈して、〔この出し物が〕正確で高級なものだという推測と木戸銭とを交換する、要するに、騙されてはいないという各自の確信との交換に同意させることだ。

最期に、髪を一瞥すると、クレープ織の帽子の青白さが、庭の豪華さで煙り、次いで明るくなり、見物客の方に一歩踏み出したためにまくれ上がった彫像のような襞のドレスも同じ紫陽花色だった。

そこで、

髪　炎の飛翔は欲望の西の
果てでそのすべてを解きほどこうと

冠を戴く額（ティアラは息絶えると言おう）
この元の在り処へ留まる

だが金ではなくこの生きている雲に焦がれ
もともとたった一つ
いつも内側にある炎の発火は
真剣なあるいは笑いを帯びた目の煌きのなかで続いている

優しい英雄の裸が貶す
この人は星も指先の火も揺らめかさず
栄光の女性を光り放つその頭だけに
集約する壮挙を成しとげる

楽しげに守護する松明のように
疑いの皮を剝ぎルビーをちりばめる壮挙を

生きた寓意が歩哨のように佇立するのをあきらめて、ゆっくりと地面に飛ぼうとするのを少しでも遅らせるために助けようと、内心考えたこれに続く口上が、おそらく間違いだったのだ。「みなさまにご覧いただきますのは」と、観客の呆然自失振りを断ち切るのに、今度は彼らの理解力の水準に合せて、見世物本来のあり方に戻る風を装って、こうつけ加えた。「紳士、淑女のみなさま、ご高覧を得ましたこの人物は、自分の魅力をみなさまにお伝えするのに、通常の舞台着や小道具を必要としておりません。ありのままのこの姿で、いつも衣裳が女性の生来の特徴をほのめかすように、純然たる暗示だけで済ませます。これで十分であると、みなさまの温かいご賛同を得られると信じる次第であります」。両手を気前よく叩く若干の喝采や、「もちろんだ！」、「その通り」、「そうだ」と、戸惑わせるような掛け声以外は、どっちつかずの評価保留のまま、観衆は木立も夜の闇もない出口へ移動し、わたしたちもそれに合流しようとした。腿高く留められたガーターを愛でて、それを夢で呼び覚ましたいという白手袋の少年兵が、待っていなかったわけではないが。

——ありがとう、と親愛な夫人が肯った。星座か樹の梢から彼女に真っすぐ降り注ぐ息吹を飲み干して、そこに平穏を見出そうとするのではなく、彼女は成功を疑っていなかったから、少なくとも普段通りの冷ややかな声で言った、「わたしの心の忘れられない出来事の記憶になりました」。

――ああ、美学上の常套手段以外のものではありません……

――どうかしら、たとえばわたしたちが二人だけで馬車に、あら、馬車はどこへいったのかしら、馬車のところへ戻りましょうよ、馬車にこもりきりのときには、わたしの前でその常套手段とやらを述べる口実を設けることなどされなかったのではありませんか？　――それが跳び出したのは、人びとのじりじりした気持が、お腹を拳固で乱暴に打たれでもしたかのようにひしひしと伝ってきて、即座に何か披露しなくてはと思ったのです、夢のようなものだとしても……

――誰でも己をわきまえず、怯えながら、素裸で群衆をかき分けて突進していく、まさにその通りです、奥さま、誓って言いますが、わたしの口上はソネットの初期様式に則り最終節の脚韻が反復されていましたが、多様な理解に開かれた心を魅了するには、一つ一つの言葉が多様な鼓膜に反響しつつあなたにまで届かなければ、あなただってわたしの口上を聴かれはしなかったでしょう。

——そうでしょうね！　わたしたちの想いは華やいだ夜風のなかで一つになった。

La déclaration foraine

白い睡蓮

わたしはもう随分漕いでいた。規則ただしい、大きな動作で、半ば眠ったような状態で、眼は内心を見すえ進んでいることもすっかり忘れて。時間の笑いがまわりを流れて行くかのようだった。あまりに動きがないため、ボートが半ばまで何かの中に分け入る鈍い音をふと耳にし、水面に出ているオールの上の頭文字が鮮やかに輝くのを見てボートが止まっているのに気づき、ようやくこの世の自分を思い出した。

何が起こったのか？　わたしはどこにいるのか？

この出来事をはっきり理解するには、炎暑の七月の朝早い出発を思い出さなければならない。川幅が狭く物憂げに流れる小川に沿って眠っている植物の間の水面を、水草の花を求めて、さらには、女ともだちのそのまた女ともだちの領地の所在を確かめておきたいと思ったのである。彼女にはちょっと挨拶しなければならないかも知れなかった。どんな草のリボン飾りも、わたしを特定の風景に引き留めることはなく、左右均等なオールさばきで、景色もその川面の反映も、次々に背後へ追いやってきたのに、舟行きの謎めいた最後で、わたしは川の真ん中の葦の叢にたどり着き、乗り上げてしまったのだ。そこで川幅は広がり水辺には叢が茂り、すぐに流れ出ようとしては躊躇する泉のように、漣を立てる池のような物憂げな光景がひろがっていた。

子細に観察すると、流れの上に突き出たこの緑の障害物はただ一つのアーチでできた橋を隠していることが分かった。橋の先の地面の、こちらとあちらは、すぐ芝生を囲む生け垣になっている。わたしは悟った。なんのことはない、＊＊＊夫人、挨拶しなければならない未知の夫人の庭園なのだ。

避暑の季節のすてきなお隣さんだ、これほど水気が侵入し難い隠棲地を選んだ女性の気質がわたしの趣味と一致しないはずはない。きっと、彼女はこの水のクリスタルを、午後のぎらぎらした不躾な光を避ける内側の鏡としたのだ。彼女がここにやって来ると、柳の銀色の冷たい水蒸気は、すぐにどの葉にも慣れ親しんだ彼女の眼差しの清澄さそのものになるのだ。

わたしはその人のすべてを浄めとして喚起していた。

見知らぬ女性が現れそうな辺りの沈黙のもとに、好奇心からボート競技の選手のように身をかがめていたわたしは、女性が出現する可能性を思ったとたんにこの隷属状態が始まったことに微笑んだ。自分の魔法の道具と一体となるように、漕ぎ手の靴をボートの底板に結びつける革帯が、この状態をかなりよく表している。

「――それにどんな女性にしろ……」、わたしは口をつぐんだ。

とそのとき、聞き取れないほどの物音がした、岸辺の住人はわたしの暇な思いにつきまとい、思いがけずこの水辺に姿をみせるのではないか。

歩みが止まった。なぜだろう？

行きつ戻りつ、地面の上を流れるように進むスカートの白麻布とレースにくるまれた愛しい影が、望むところへ精神を導いていく足の精妙な秘密。まるでちょっとした散策で、歩みが、地面すれすれに襞を後ろに引きずりながら、二本の賢い矢で道を拓いていくあの発意で、踝から爪先までを浮遊するスカートの吃水線のなかに巧みに包み込もうとするかのようだ。

散策する彼女自身、立ち止まった理由を知っているのだろうか。乗り越えてはならないこの葦と、わたしの明晰さがヴェールで覆われるこの精神的半睡状態からすれば、そこまで秘密を詮索することは、あまりにも背伸びしすぎるのではなかろうか。

「――あなたの顔立ちがどのタイプに合致するのか、それをはっきりさせるのは、夫人よ、おいでになるかすか音がここにもたらしているものを途切らせてしまうと、わたしは感じるのです、そう、薄衣に包まれたこの本能的な魅惑は、ダイヤの留め金でしっかり締められた腰帯であろうと、探検者にそれを禁じることはありますまい。こんな漠然とした概念で十分ですし、漠然とした概念なら一般性を刻印された大きな喜びに背くこともないでしょう。その喜びはあらゆる顔を排除しますし、また忘れることを命じるのですが、一つの顔の啓示は（わたしが支配する人目につかないこの垣根の上に、どうかあからさまに顔を傾けたりしないでください）、わたしの心の動揺を追い払ってしまうでしょうから。

もっとも顔の方はそんなことを気にもかけないでしょうが」。

自己紹介、こんな水辺荒らしのような身なりでも、偶然を言い訳にすればそれを試みることができる。

隔てられているからこそ、一緒なのだ。わたしはいま川面の上でどっちつかずの状態のなか、居るかいないか定かでない女性を夢想し続けている。訪問につぐ訪問の末にようやく許される場合以上に、わたしは恥じらい戸惑っている彼女の内心に介入しているのだ。ボートのマホガニー材に耳が触れるほど身を伏せて、あれっきり音の途絶えた砂地のあたりに聞き耳を立てていた。いまのこうした直観的な一致をふたたび見出すには、先ほどの聴きとれぬほどのわたしの呼びかけに比べて、どれほど多くの無駄な口説が必要になることか！

この中断がどれほど続くかは、わたしがいつ決断するかにかかっている。

教えてくれ、おお、わたしの夢よ、どうすればよいのか。

この孤独のうちに散らばる無垢な不在を、一瞥のうちに要約することだ。そして、無傷の数々の夢と、これからもありえない幸福と、姿を現すのを恐れてここに潜んでいるわたしの吐息からなる無のごときものを、その中空の白さで包みこみ、この場に忽然と現れ出る魔法の睡蓮の蕾の一つを、ある場所の思い出として摘み取って出発することだ。ひっそりと、徐々にオールを返して、何かと衝突して幻想が壊れないように、そしてわたしの逃亡につれて渦を巻く泡が、不意に現れた人の足もとに、わたしが拉致する観念の花に似た透明な飛沫を飛ばさないように気をつけながら。

かりに、ただならぬ感情に惹かれて彼女が姿を見せたとしたら、物思いにふける女性であれ、高慢な女性であれ、残酷な女性であれ、陽気な女性であれ、残念ながら、わたしはその名ざしがたい顔つきを永久に知るよしもない！　というのも、わたしは規則通りに操作を完了したからだ。ボートを漕ぎ出し、方向を変え、すでに小川の浪のうねりを回避して、孵化して飛ぶことのない高貴な白鳥の卵のような、想像上のトロフィーを持ち去ったのだ。それを膨らませているのは、どの夫人も、夏、庭園の小道を歩きながら、渡らなければならない泉のほとりや他の水辺で、ときどき長い間立ちどまっては、好んで求める心地よい放心状態にほかならない。

Le nénuphar blanc

聖職者

春は生きものを他の季節では知られない行動に駆り立てるが、博物学の多くの著作には動物におけるこの種の現象についての論文があまたある。この危険な瞬間が精神のために創造された個体の行動にもたらす諸々の変化を集めることは、いっそう説得力のあるものとなるだろう。わたしはといえば、冬の皮肉《イロニー》さとうまく手を切れずに、曖昧な状態に甘んじていて、草花の新芽の違いを識別することに喜びを追求できるような、完全な、あるいは素朴な自然派の心境にはなれていない。こんな状態では大衆に利益をもたらすことはないので、どうしたらそれができるかを考えるために、近ごろ街を取り囲むようになった樹の下へ逃れることにした。さて、春がもたらす影響の分かりやすく印象的な一例をわたしが見出だすことになるのは、このどこにでもある木陰の神秘からなのである。

つい先ほど、ブーローニュの森の滅多に人が来ない場所で、低いところで黒いものが動いており、何も隠さない小灌木の無数の隙間を通して、人目を避けて芝生の誘惑に応えている一人の聖職者の、前後に揺れる三角帽の天辺から銀の留め金でしっかり固めた靴まで、その全身を目にしたときのわたしの驚きは強烈だった。憤慨して道の小石を手にする偽善者と同じくらい意地悪く、分かっているといった微笑を投げかけることで、孤独な運動で生じたのであろう赤みに加え、もう一度、この同情すべき男の、両手で覆われた顔に赤みを浮かべさせるのはわたしの本意ではなかった！（そんなことは神の思し召しに少しも適わない）。そこでわたしは、自分がいることで気を散らさないように、足早にするなど、配慮する必要があった。また、後を振り返りたい誘惑に懸命に抗しつつ、ほとんど悪魔的ともいえる幻想を頭に思い描くしかなかった。その幻影は右に左にと、あばら骨でまたお腹で、陽春の芽吹きを烈しく圧し潰し続け、純潔な熱狂を味わっていた。身体を擦りつけ、あるいは手足を投げ出し、転げまわったり、滑ったり、こうしたすべてが満足感に通じていた。すると今度は動きがとまる。なにか丈の高い花の茎が黒い脛《すね》のあたりを擽《くすぐ》ったのに熱狂したのだ。それは自分にとってのすべてであり、妻でさえあるといった様子でまとっている、あの特殊な長衣のなかでのことである。草木のなかに散乱した孤独、冷たい沈黙を、不安ほど鋭敏ではない感覚でとらえて、服地がたてるがさがさという音が聞えて来たわけである。それはまるで服の襞に隠されている闇夜が揺さぶられて、ついに現れ出たかのようだった！　そして若さを取りもどした骸骨が地面にぶつかる鈍い音。だが熱狂している男は、他人に目を向ける必要などなかったのである。嬉々として、芝生を前に、羽目を外したのは神学生時代に逆戻りしたのだというのでは説明にならず、自分自身のなかに一つの快楽、あるいは一つの義務の源を求めることで十分だったのだ。春の息吹の影響が、彼の肉体のなかに書き込まれた不変のテクストをゆっくりと膨らませていき、彼もまた、自分の不毛な思考にとって心地よいこの動揺で大胆になって、知的好奇心のまったくない、直接的で、激しい、積極的な**自然**との接触を通して、万人に共通の幸福感を知るべく来ていたのである。そして、純真にも、目上の者に対する服従や、彼の職業上の束縛、宗教上の規範、禁止令、検閲から遠く離れて、彼は無邪気に、生まれついての純朴さがもたらす至福のなかで、ロバよりも幸せそうに転げまわっていた。彼の散歩の目的が達成されると、わたしの幻影の主人公は身体についた雌蕊を振り払い、草の汁を拭うことも忘れずに、真っすぐ、一気に立ち上がると、群衆のなかを、見咎められずに、彼の聖職の習慣へと戻っていったのだろう、わたしはそのことをいささかも否定しようとは思わない。だが、そんなことは深く考えない権利はわたしにもある。最初にちらと目にした狂態に関して、わたしが慎み深く対処したことの報酬は、通りがかりの人間の夢想がそのイメージを完全なものにして興じるように、あの出来事についての、現代性《モデルニテ》という神秘の御璽が捺された、奇怪《バロック》でもあり美しくもあるイメージを永久に定着することではないだろうか。

L’ecclésiastique

栄光

栄光！　わたしがそれを知ったのは、つい昨日のことだ、それも否みえない栄光を。人にそう呼ばれるものは何も、わたしを惹きつけることはないだろう。

〈書かれている〉文字を裏切り、陽光の、真価を認められない金色を自分のものにした無数のポスターが、街外れではどこでもそうだが、鉄路での出発によって地平線すれすれの高さで移動するわたしの目から逃れ去った。それも束の間、わたしの目は、紅葉が真っ盛りの森が近づくにつれて生じるあの不可解な自尊心のなかで思いをこらすのだった。

その時の高揚のなかで、ひどく場違いな一つの叫びが、フォンテーヌブローという、季節の終わりには葉を落とす梢が次々に広がることで知られるあの名詞を告げた。わたしはコンパートメントのガラスをぶち割ったその拳で、この邪魔者の喉元を絞め上げることも考えた。黙れ！　いたるところにいる観光客が吐き出された、刺激された平等の風の下で、バタバタと開閉する列車の扉のところでむやみに喚いて、いまわたしの精神に滲みこんできた影を暴露しないでくれ。豊かな森の偽りの静けさが、あたりに幻想の異様な状態を宙づりにしているが、きみはどう思う？　これらの旅行者たちは今日きみの駅に来るために首都をあとにしたというのがきみの答えかな。きみは職業柄大声で怒鳴らなければならない駅員だが、わたしがきみに期待するのは、自然と国家の協同の恩恵により、万人に分かち与えられる陶酔を独り占めにすることではまったくない、都市から繰り出してきた人たちから独り離れて、あそこに見える葉叢、じっと動かないが、一度危機が来れば葉はすぐ空中に散乱するだろうが、あの葉叢の方へ行く間だけ黙ってほしいのだ。きみの廉潔さを侵害するつもりはないが、さあ金だ。取っておきたまえ。

無頓着な制服〔の駅員〕がわたしを改札口の棚の方へと招くので、わたしはなにも言わずに買収するための貨幣の代わりに切符を渡した。

だが、そう、わたしは従ったのだ。アスファルトの道が足跡一つなくずっと伸びているのを見るだけに。というのも、まだわたしには想像できないのだが、首都の途方もない単調さ、その強迫観念はここでは汽笛とともに霧に包まれてたちまち消え去るのだが、そこで自分たちの空虚さを積み重ねている百万の人びとの誰ひとり、こっそりと逃れてきて、この類をみない壮麗な十月に、光輝く苦いすすり泣き、葉を落とす枝々のように偶然を放棄する、ぼんやりと浮遊するあまたの観念、こうした慄き、そして大空のもとで秋を思わせる何かが、今年は格別であると感じる者は、わたしを除いていなかったのだ。

誰もいない。目にするには余りに貴重なトロフィー！　秘められた栄光の分け前を運ぶ者のように疑いの腕は飛び去り、だが人間を超えた傲慢さ（その正当性は確認する必要がないか？）で一本ごとに反り返っている不死の大樹たちのこの昼間の通夜のなかへ突き進むこともせず、また、あとは王者たるべき闖入者が来るだけの世界をあげての聖別式を連なる梢の松明が高々と見守り、その輝きに先立つすべての夢を焼き尽くして赤々と雲に映している森の敷居をまたぐこともせず、闖入者となるべくわたしは待っていた、わたし一人を置き去りにした列車が、ゆっくりと普段の動きを取りもどして、人びとをどこかへ運ぶ子どもじみた怪獣《キマイラ》の大きさに縮まるのを。

La Gloire

葛藤

長い間、ごく最近まで――信じてきた――わたしの考えは、それが事実であろうと、いかなる偶然の出来事にも煩わされることなく、その原理のうちに湧き出たものを汲むのを好んできたと。

うち捨てられた家屋に対する嗜好は、こうした体質に好都合のように思えたが、この好みのせいで前言をくつがえすことになる。つまり、今年は別だが、毎年、外についた石の階段が緑に覆われると、冬用の鎧戸を開けて外壁に押しつけ、昔からの光景にまるで中断などなかったかのように、過去のままの不動の景色に現在の目を向け、同じ満足を味わってきた。忠実にまた戻ってくることの証しだが、それがいまは階下で、虫食の鎧戸のバタバタいう音が、階下から聞こえる同じ文句の繰返し、口喧嘩といった大騒ぎに調子をあわせている。わたしが一画をそのまま借りている不運な住まいが、この土地が辺鄙だというので、鉄道敷設のための一団の労働者によって占拠され、傷つけられているという風聞が出来《しゅったい》して出発時のわたしを悩ませ、行こうか行くまいか――もう一度見にいくのを躊躇したのを思い出す。仕方がない！　あの場所を自分のものとして、必要とあれば力ずくでも守ることになるだろう。だからわたしはいまここにいるのだ。かけがえのないさまざまな景観が消失していくなかで、もっともひどい侮辱をこうむったのがこの場所であることを思えば、今後は格別の愛情をかけねばならない。落ちぶれた建物の、わたしは主人となった。ほとんど信じられないことだが、その廃れて稀なところに惹かれて好んで滞在した建物が、進歩のせいで鉄道の労働者たちの食堂に変ってしまったのだ。

よれよれのコール天のズボンをはいた土木作業員や井戸掘り人夫のせいで盛り土が動いているように見えるが、休憩のときは、〈掘り下げた〉溝の中、青と白の横縞の肌着の身を徐々に起こす、まるで水の層が嵩《かさ》を増すように。（作業着！　ああ、人間こそ彼が探す水源だ）。共同の借家人である彼らは、かつて道で出会ったときには、平凡だが優れた労働者として心の中では愛《いと》しんでいた人たちである。風説では彼らは季節労働者だという。大地を変えられることに関心があるところでは何処でも彼らが群がっていて、疲れていても逞しい彼らは、工場がなくても、気候が厳しくても、独立を見出す。

親方たちはどこでも気兼ねなく、大声を上げる。——わたしは音に病む質《たち》で、世のほとんどの人は悪臭を嫌うが、叫び声にはそれほどでもないのに驚く。この騒々しい連中はツルハシやシャベルの柄を肩に、出たり入ったりする。ところで、この連中は押し隠された感情を、自分たちに有利なように招き寄せ、それは絵空ごとだ！　と言われるような考えを起こさせるのだ。いましがた、敬虔な敵として、地下室つまり共同の倉庫に入って、あの性的なシャベルとツルハシという二つの道具の列を前にしたとき——その金属は労働者の純粋な力を要約し、未開の土地を肥沃にするものだが——わたしは不満ばかりでなく、感動して膝まずきたいほどの宗教的感情にとらえられた。どんな法律家も、意表をついて住みつき、地主に家賃さえ払っている侵入者——地方の習慣であり、暗黙の了解である——を立ち退かせて得意顔をすることなどできはしない。それならば、わたしが役割を演じるか、あるいはわたしの権利に対する侵害を制限しなければならない。機会を得て、わたしがなにか話すとしても、そこには軽蔑が含まれるに違いない。なぜなら、現に、雑居生活はわたしの意に染まないからだ。それとも、例えば、以下のような話をするのは、この場合に相応しい調子なのだろうか？「同士のみなさん、水を保護するものであってほしいとわたしが望んだ孤絶し鬱蒼とした森として、群衆のみなが足を止める、そんな風景のなかに散在している者のことを、あなた方は想像できないでしょう。ところがわたしがまさにそうなのです。あなた方が罵ったり、しゃっくりをしたり、殴りあったり、傷つけあったりするとき、不調和が生じるのです。あの大気の輝く緊張のなかでと同じように、亀裂のなかでも最も耐えがたく、最も見えにくい亀裂です」。このような告白があの素朴な人たちには無益なのではと危惧しているわけではない。たしかに、この告白は他の世間の人たちよりも彼らの心を打つだろうし、近隣の十一人の紳士たちが浮かべる露骨な笑いを、彼らが浮かべることはないだろう。飲んだくれの彼らには驚異にたいする感覚があり、また過酷な労役のもとにある彼らには、人並み外れた感受性があって、恐らく彼らはわたしの痛ましい特権のなかに、木陰での彼らのおしゃべりの種になるような、厳密な意味での社会的な格差は見ずに、個人的な違いしか見ないだろう。――彼らはしばらくの間は言動に注意するかもしれないが、要は、習慣がまたもっともらしく戻ってくるだろう。彼らの一人がすぐさま対等に、次のように答えれば別なのだが。「少しでも仕事が中断すれば、俺たちは仲間同士で息抜きが必要になる。わめいたのは俺か、奴か。奴の大声で俺は気が大きくなり、疲れもとれ、ほかの奴が大声を張り上げるのを聞くと、それだけでもうただ酒を飲んだのと同じなのさ」。彼らの罵声のまとまりを欠いた合唱は実際に必要なのだ。守りを固めたのと同じ感性で、わたしは素早くそれを解く。さらに手を差しのべて侵入者を招じ入れる。ああ、夢想家に特有でかつ固有の使用の仕方は、周囲にぐるりと柵をめぐらし、空間的にも遠く離れて、樹々の陰に身をひそめる、俗人が望むような「私有地」だが、邸宅というものが現にそうであるように、万事がうまくいっていた時分に——獲得の方法を排除していたため——なにも所有せずに、ただの逗留者でありたいという奇妙な本能を満足させることに頑なであったばかりに、わたしはみすみす別荘を持つチャンスを逃してしまったのに違いない。いまや住まいは意外な出来事に曝される危険があるが、わたしがやったことでプロレタリアと近づきになったのは、まったくの偶然ではないのだ。

わたしは、交互に、共感と不快の季節を予測する……

——あるいは、早くきり上げるには、誰か一人がわたしに喧嘩を売ってくれたらいいと思う。差し当たり唯一の戦術は、川波にのぞむテラスに、砂を敷き、わたしの技術で花を咲かせ、田舎風の居間に囲いをめぐらすこと……部外者は立ち入り禁止、労働者たちは居酒屋へ行くにも仕事場に行くにも、畑の作物を刈り取ってつくられた借り物の道を通ることになる。

「こん畜生！」、椅子を足蹴にしながら激しい罵言が発せられる。誰に向けて浴びせられたかはすぐわかる！　それが柵の桟に顔を押しつけた酔っ払いの若い大男であっても、本意ではないが癇にさわる。階級差別ではないのか？　とんでもない。いまのところ、わたしには一人一人の労働者の違いを区別できないし、千鳥足で、わめき散らす狂人を一人の男とみなさないわけにもいかず、さりとて彼に対する恨みを否定するわけにもいかない。ひどく身体を固くして、男は敵意を込めて、わたしをじろじろ見ている。彼を心の裡で抹殺することも、すっかり酔い潰して、早々と埃のなかに寝かせて、突然、粗野で意地悪になったこの大男を以前のようにするのも不可能だ。彼の溢れんばかりの新たな挑発に応じて、芝生の上で殴り合いをすれば、階級闘争を例証することになるだろうが、わたしはそんな真似をして譲歩はしない。彼を駄目にした悪、飲酒癖がわたしに代わって必要なことをしてくれるだろう。そうと知りながら、無関心を装い、口をつぐむのは、わたしを共犯者にするもので堪えがたい。

無益で、ねじれて、歪められた矛盾した状態の苛立ちが、酔っぱらった愚か者が引き起こしたトラブルを通して、わたしにまで伝染してくる。

木霊がひびくほどの〔静かな〕地方では、人がそこに加わるには、静かであることが義務で、とりわけ日曜日の夕方、わたしは沈黙まで守る。この時刻、迫りくる闇を前に昼間の透明さを帯び、次いでその透明さがある深みへ流れ込むこの時刻には、不安な気持が漂う。わたしは夕暮れの危機に静かに立ち合うのが好きだが、危機の方でも誰か立会人を求めている。ご同輩たちも、彼らなりにこの瞬間を楽しみ、夕食から就寝までのあいだは、給金について話し合い、あるいは風景のなかに寝そべって延々と議論する。

わたしは超然としているわけではないが、締め出されているので、この古く不格好な家からひそかに注がれる視線となって佇むわたしは、窓辺を離れて、連中に申し入れすることもしない、効果がないからだ。いつでもこうなのだ。共存はありえず、人間同士の間に交わる余地はないのではないかと、わたしは懼れる。――「俺は言いたい」と、一つの声。「ここにいる俺たち一人一人が汗水たらして働いているのは他人さまの利益のためだ、と」。――「それどころか」、わたしは小声で口をはさもうとする、「他の人はいざ知らず、君たちがそうしているのは、給金が払われているためだし、真っ当に生きていくためだ」。――「そうとも、ブルジョアどもが」、わたしはさして関心もなく聞き入る。「鉄道を欲しがっているのさ」。――「わたしは違う、少なくとも」、微苦笑を浮かべ「わたしは静かで物音がよく響く贅沢なこの地方に、君たちを呼びはしなかったし、滅茶苦茶にされて、困惑しているほどだ」。この談合は度々繰り返され、わたしは聞き役に終始せざるをえない。そしてそれは魔法のようにぴたりと止んだ。流れる空の、宝石のような美しさ。つまらぬことを喋っていた口はみな黙り込み、まるで虚しい言葉を吐き出すように地面に横になる。わたしは結論をくだそうとしていた。「恐らくわたしも同じく働いているのだ……――「何のために?」、反論する人は一人もいなかっただろう。会計係のことを思い、腕ではなく頭でする仕事を認めるからだ。「何のために?」――みな黙している、ただわたしの意識のなかで一つの木霊が響く。「少なくとも、一般の交換において、役に立っているのかもしれない」。あの人たちにとって、わたしが創り出すものが、本質的に、黄昏どきの雲か星々のように、虚しいものにとどまる悲しさ。

本当のところ、今日、何があったのか？

労働者の一団はいつもの場所に横たわっているが、もう打ち負かされている。彼らは一人また一人とやってきては、この場所で草のなかに倒れ伏して、一団を形づくっているが、だれもがまるで銃弾を受けてよろめくように、この狭い戦場にたどり着き、倒れるだけの活力を辛うじて見出すのだ。もの言わぬ土地にへばりついた肉体の何という眠りだろう。

かくして、わたしは自由に賞賛し、夢想することができるようになる。

　だがそうはいかない、わたしが肘をついている開いた窓から、視線を地平線の方向へめぐらすと、わたしの何かがこの厄介者の山を飛び越えて行くことになり、今度はわたしの方が、不本意だが、敬意と礼儀を欠くことになる。だからわたしの本分として、彼らの神秘を理解し、責務を判断しなくてはならない。というのも、大多数の人たちや、より多くの裕福な人たちとは反対に、彼らはパンだけでは十分ではなかったからである。——まず、彼らはパンを手に入れるために一週間の大部分をあくせくと働いた。そして、いまはここで休んでいる。明日はどうなるか分からないが、朦朧として這いつくばり、身体を動かさずにツルハシを振るう。——彼らは自らの運命に、これまで毎日現実の土地に穿った穴（たしかに、寺院の土台となろう）と等しい穴を掘っている。彼らは、それが何であるか、その祝祭が明るく輝くものであることを証言こそしないが、生きることの聖なる部分を、待機であり、一時的な自殺である睡眠という休止によって立派に保っている。ただ抵抗し、立って見せること——日々の仕事に含まれる誇りについての知識は、周囲を囲む大樹の列柱によって賞揚されるはずなのに、彼らはなんらかの本能に引きずられて、そんな知識を求める代わりに、酒盃を何杯も飲み干して道から外れてしまうのだ。儀式の完璧な遂行にもかかわらず、もし戒律を守ることが意志よりも運命に拠るとすれば、彼らは祭式の執行者というより犠牲者であり、夕方には疲れがどっと出て意識が朦朧としてしまうのだ。

星座が輝きはじめる。この盲目の群れの上を流れる暗闇のなかに、いましがた考えたような明るく輝く点が（彼らの固く閉じられた目では見分けられないけれども）定着されることを、わたしはどんなに望んでいることか——だから、事実のためにも、正確さのためにも、それが語られるためにも、わたしは厄介千万な彼らのことだけを考えよう。彼らは、少し前の大騒ぎにもまして、その打ち棄てられた状態ゆえに、遠い夕暮れの光景よりもわたしの目を奪う。たえまなく流れる澄んだ川のほとりで、基本的な仕事を行うこれらの職工たちを夜通し見守りながら、彼らのなかに民衆というものを見るのはわたしの自由である。——彼らは人間の条件をしっかり理解し、日々、背を丸めて、麦の助けも借りずに、いまあることを保証する生命の奇蹟を引き出している。かつては他の労働者たちが開墾地を耕し、水道橋を造ったりして、やがては、土手〔の造成〕はしかるべき機械にまかせることになろうが、いつの時代も労働者は同じであって、起きているときはルイ＝ピエールとか、マルタン、ポワトゥー、ノルマンディー者などと、母や出身地による名前で互を呼び合っている。しかしむしろ、氏素性の違いは匿名性のなかに埋没してしまう。いまや彼らは、果てしない眠りで万物を産み出す大地に耳を押し当てながら倒れ込み、今度は、あらゆる世紀の——可能なかぎり社会的規模に縮減された永遠の、重圧と拡大に耐えている。

Conflit

訳者解題

ステファヌ・マラルメの「散文詩」全十三篇の翻訳である。このうち最初に発表されたのは「秋の歎き」と「青白い憐れな子ども」の二篇で、「キュセ＝ヴィシー週報」の一八六四年七月二十日号に、「散文詩」と題して（「シャルル・ボードレールに」という献辞つきで）掲載された。このとき前者は「バルバリーの手廻しオルガン」、後者は「頭」というタイトルだった。若いマラルメはボードレールに心酔しており、散文詩集『パリの憂鬱』を意識して「抒情的な詩的散文」を創作したことは容易に想像できる。

プレイアード叢書の新編『マラルメ全集』の編者ベルトラン・マルシャルは、マラルメにあっては、「散文詩はもっとも日常的な現実からとってきた逸話を喚起し、ボードレールが語っていた『現代生活の描写』が受け継がれている」[1]と述べている。しかし十三篇の「散文詩」は、若い時期に集中的に創作されたものではなく、彼の創作活動のほぼすべての時期にわたっている。すなわち、一八六〇年代に上記二篇を含む五篇、七〇年代三篇、八〇年代四篇、そして最後の「葛藤」が発表されたのは一八九五年である。

各篇はまず新聞や雑誌に掲載され、その後三度（小冊子を加えれば四度）、単行本に収録された。その最後が『ディヴァガシオン』(Divagations, Bibliothèque-Charpentier / Eugène Fasquelle, 1897)で、このとき十三篇は「逸話あるいは詩」という総題のもとにまとめられた。

八十年代半ば以降、マラルメの韻文詩は象徴性を高め、その分創作のきっかけとなった具体的逸話は影をひそめる。これと並行して、マラルメは「詩」と「散文」を区別する必要を次第に感じなくなっていった。『ディヴァガシオン』巻末の書誌にはこうある。「もしかすると、そこから一つの現代的な形式が生じ、長い間散文詩であったもの、わたしたちが探求するものに行き着き、もっと上手く言葉を組み合わせれば、批評詩のようなものになれるかもしれない(2)」。

十三篇の最後に置かれた「葛藤」はマラルメが実際に体験した出来事であった。彼が終の棲家とした別荘のあるヴァルヴァンへは、汽車でパリを発ちムランを経由してフォンテーヌブローへ行くのだが、一八九五年になって、この在来線とはムランで分かれてセーヌ川を渡り、右岸沿いに走る新線が建設されることになった。このときあろうことか、マラルメが借りていた田舎家の一階が工夫たちの共同食事場になってしまったのである。

これを扱った「葛藤」は、「一つの主題による変奏」の第Ⅶ篇として、「白色評論」の一八九五年八月号に発表され、さらに同誌十月号には、同じ出来事をめぐる「対決」(初出のタイトルは「良心のケース」)が、「変奏」の第Ⅸ篇として掲載された。ただ『ディヴァガシオン』では、「葛藤」は「逸話あるいは詩」に、「対決」の方は他の散文とともに「重大雑報」という異なるジャンルに分類された。マラルメはこれまで抒情的散文を、「散文詩」、「逸話あるいは詩」と称してきたが、やがてこうした違いは本質的なものではなくなっていった。

一八九四年十月十七日付けのアルベール・モッケル宛ての手紙で、「〔貴兄の〕『文学論』は批評詩のなかでももっとも鋭いものに見えます。批評詩といえば、何篇か自分の手でも創ってみたいと、たびたびわたしも願ったものです(3)」と書き、同じ日にジャーナリストのガブリエル・ムーレイに宛てた手紙でも、「新聞の論説とは至高の形式であって、散文詩となんら変わるところがないと敢えて言いたいのです。まさにあなたは、なにかしら希有で堅固なもののうちに、これら二つのジャンルを結びつけておられます[4]」と書いている。マラルメは晩年にいたって、あるべき散文をすべて「批評詩」と考えるようになっていたのである。

翻訳に当たって、テクストはベルトラン・マルシャル編のプレイアード叢書『マラルメ全集』第I巻によった。原文のイタリック体の箇所は傍点で、大文字の単語はゴシック体で表記した。亀甲括弧内は訳者による補足である。

本書が刊行できたのは、『詩集』、『賽の一振り』と同様に月曜社の小林浩氏のお力添えの賜である。

注

1 Mallarmé : Œuvres complètes, tome I, édition présentée, établiée et annotée par Bertrand Marchal, Gallimard, « Bibliothèque de la Pléiade », 1998, p. 1329.

2 Mallarmé : Œuvres complètes, tome II, édition présentée, établie et annotée par Bertrand Marchal, Gallimard, « Bibliothèque de la Pléiade », 2003, p. 277.

3 Mallarmé : Correspondences 1854–1898, édition établie, présentée et annotée par Bertrand Marchal, Gallimard, 2019, p. 1276.

4 *Ibid*, p. 1276–77.

著者について

ステファヌ・マラルメ（Stéphane Mallarmé, 1842–1898）……十九世紀のフランス象徴詩を代表する詩人。若くしてボードレールとエドガー・アラン・ポーに魅せられて詩作をはじめ、地方の高等中学校の英語教師をしながら創作に没頭するが、「詩とは何か」という根源的な問いに苦しみ、精神的・肉体的な危機に見舞われた。一八七一年パリに出て以後は交友関係も広がり、「牧神の午後」や「エロディアード」など代表作となる絶唱を生み出した。ローマ通りのアパルトマンの食堂兼サロンに、毎週火曜日に内外の文学者、画家、音楽家たちが集うようになり、マラルメの談話は彼らに多大な感銘を与えた。その芸術論は今日なお広い分野で影響を及ぼしている。近年の訳書に以下のものがある。『マラルメ全集』（全五巻、筑摩書房、一九八九～二〇一〇年）、『マラルメ詩集』（渡邊守章訳、岩波文庫、二〇一四年）。

訳者について

柏倉康夫（かしわくら・やすお）……一九三九年生まれ。東京大学文学部フランス文学科卒業。ＮＨＫパリ特派員、解説主幹の後、京都大学文学研究科教授を経て、放送大学教授、副学長、図書館長、現在同大学名誉教授。京都大学博士（文学）。フランス国家功労勲章叙勲。ジャーナリズムでの仕事のかたわら、原典批判に基づくマラルメ研究を続けてきた。マラルメに関する著訳書に、以下のものがある。『マラルメ探し』（青土社、一九九二年）、『牧神の午後――マラルメ、ドビュッシー、ニジンスキー』（オルセー美術館編、平凡社、一九九四年六月）、『マラルメの火曜会――世紀末パリの芸術家たち』（丸善、一九九四年九月）、『マラルメの「大鴉」――エドガー・Ａ・ポーの豪華詩集が生れるまで』（リシャール・レスクリード著、柏倉康夫訳著、臨川書店、一九九八年）、『マラルメ伝――絶対と日々』ジャン＝リュック・ステンメッツ著、共訳、筑摩書房、二〇〇四年）、『生成するマラルメ』（青土社、二〇〇五年）、『ステファヌ・マラルメ「賽の一振りは断じて偶然を廃することはないだろう」／原稿と校正刷／フランスワーズ・モレルによる出版と考察』（ステファヌ・マラルメ著、フランスワーズ・モレル編著、行路社、二〇〇九年）、『マラルメの火曜会――神話と現実』ゴードン・ミラン著、行路社、二〇一二年）、『［新訳］ステファヌ・マラルメ詩集』（電子書籍版、青土社、二〇一七年三月：私家版、二〇一七年六月：改題改訳版『詩集』月曜社、二〇一八年八月）、『賽の一振り』（月曜社、二〇二二年）。

本書は、フランスの詩人ステファヌ・マラルメの没後一二五年を記念し、二〇二三年六月三〇日に、叢書「エクリチュールの冒険」の第二二回配本として初版一千部が刊行されるものである。

散《さん》文《ぶん》詩《し》篇《へん》　著者＝ステファヌ・マラルメ　訳者＝柏倉康夫　二〇二三年六月三〇日
第一刷発行　発行者＝小林浩　発行所＝有限会社月曜社　一八二－〇〇〇六東京都
調布市西つつじヶ丘四－四七－三　電話〇三－三九三五－〇五一五　ファクス〇四二
－四八一－二五六一　装幀＝小野寺健介　印刷製本＝株式会社シナノパブリッシン
グプレス　ISBN978-4-86503-169-0　Printed in Japan　http://getsuyosha.jp

叢書「エクリチュールの冒険」第二二回配本